Chers amis rongeurs,
bienvenue dans le monde de

Geronimo Stilton

LA RÉDACTION
DE *L'ÉCHO DU RONGEUR*

1. Clarinda Tranchette
2. Sucrette Fromagette
3. Sourine Rongeard
4. Soja Souriong
5. Quesita de la Pampa
6. Chocorat Mulot
7. Sourisia Souriette
8. Patty Pattychat
9. Pina Souronde
10. Honoré Tourneboulé
11. Val Kashmir
12. Traquenard Stilton
13. Dolly Filratty
14. Zap Fougasse
15. Margarita Gingermouse
16. Mini Tao
17. Baby Tao
18. Gogo Go
19. Ralph des Charpes
20. Tea Stilton
21. Coquillette Radar
22. Geronimo Stilton
23. Pinky Pick
24. Yaya Kashmir
25. Sourina Sha Sha
26. Benjamin Stilton
27. Sourinaute Sourceau
28. Souvnie Sourceau
29. Sourisette Von Draken
30. Chantilly Kashmir
31. Blasco Tabasco
32. Souphie Saccharine
33. Raphaël Rafondu
34. Larry Keys
35. Mac Mouse

Texte de Geronimo Stilton
Couverture de Larry Keys
Illustrations intérieures : idée de Larry Keys, *réalisées par* Mirellik
Maquette de Merenguita Gingermouse
Traduction de Titi Plumederat

Les noms, personnages et intrigues de Geronimo Stilton sont déposés. Geronimo Stilton est une marque commerciale, licence exclusive des Éditions Piemme S.P.A. Tous droits réservés. Le droit moral de l'auteur est inaliénable.

www.geronimostilton.com

Pour l'édition originale :
© 2000 Edizioni Piemme S.P.A. Via del Carmine, 5 – 15033 Casale Monferrato (AL) – Italie
sous le titre *Un assurdo weekend per Geronimo*
Pour l'édition française :
© 2005 Albin Michel Jeunesse – 22, rue Huyghens – 75014 Paris – www.albin-michel.fr
Loi 49 956 du 16 juillet 1949 sur les publications destinées à la jeunesse
Dépôt légal : premier semestre 2005
Nº d'édition : 13 099
ISBN : 2 226 13934 6
Imprimé en France par l'imprimerie Clerc à Saint-Amand-Montrond

Stilton est le nom d'un célèbre fromage anglais. C'est une marque déposée de Stilton Cheese Makers' Association. Pour plus d'information, vous pouvez consulter le site www.stiltoncheese.com

Geronimo Stilton

UN WEEK-END D'ENFER D'ENFER POUR GERONIMO

ALBIN MICHEL JEUNESSE

GERONIMO STILTON
SOURIS INTELLECTUELLE,
DIRECTEUR DE *L'ÉCHO DU RONGEUR*

TÉA STILTON
SPORTIVE ET DYNAMIQUE,
ENVOYÉE SPÉCIALE DE *L'ÉCHO DU RONGEUR*

TRAQUENARD STILTON
INSUPPORTABLE ET FARCEUR,
COUSIN DE GERONIMO

BENJAMIN STILTON
TENDRE ET AFFECTUEUX,
NEVEU DE GERONIMO

Un paisible vendredi après-midi

Je m'en souviens comme si c'était hier.

Ça a commencé comme ça, exactement comme ça…

C'était un vendredi après-midi.
Un paisible vendredi après-midi.
À **six heures tapantes**, je sortis de l'immeuble
où je travaille.

Au fait, je ne me suis pas présenté : mon nom est Stilton, *Geronimo Stilton*.

Je suis une souris éditeur : je dirige *l'Écho du rongeur,* le quotidien le plus important de Sourisia.

Où en étais-je ?

Ah oui, je disais donc que, comme tous les ven-dredis après-midi, je sortis de mon bureau à six heures tapantes.

Je rentrai tranquillement chez moi, en me pro-menant dans les rues de Sourisia, la ville des Souris.

J'aime l'atmosphère du vendredi après-midi : tous les rongeurs ont un air détendu, HEUREUX, comme s'ils savouraient déjà LA BÉATE PARESSE du week-end.

Moi aussi, je l'avoue, je rêvais de rentrer chez moi, de chausser mes pantoufles, d'allumer ma chaîne hi-fi, de grignoter des lichettes de fromage en lisant un bon bouquin...

Je soupirai...

Ah, oui, il fallait que je débranche le téléphone,

pour mieux m'isoler du monde, pour mieux me reposer.

J'en avais vraiment besoin : j'étais fatigué.

Ç'avait été une semaine **ÉPROUVANTE**.

Lundi : mon assistante avait menacé d'aller travailler pour *la Gazette du rat* si je ne doublais pas, au moins, son salaire.

Mardi : le coiffeur s'était trompé et m'avait rasé le pelage à zéro.

Mercredi : j'avais mangé tellement de chocolats au fromage périmés (huit boîtes) que j'en avais fait une indigestion... J'avais été très mal !

Jeudi : mon cousin Traquenard avait été expulsé de chez lui et avait débarqué chez moi sans crier gare, bien décidé à y rester *plusieurs années*.

Vendredi : mieux vaut ne pas en parler.

Mais maintenant, ça oui, j'allais pouvoir me reposer !

DINGUE,
VRAIMENT DINGUE

Ma flânerie me conduisit devant le magasin de téléviseurs qui venait d'ouvrir avenue de la Cancoillotte. Dans la vitrine, un écran attira mon attention. Il diffusait un programme qui avait un grand succès à Sourisia, et qui s'intitulait :

LES **PlUS** BArJoS dES souRiS bARJOS.

On y voyait des souris pratiquant les sports les plus dangereux qu'on puisse imaginer.

Je restai quelques minutes à regarder cela, en secouant la tête.

DiNGuE, vraiment diNGuE.

INCROYABLE !

Comment pouvait-on trouver du plaisir à prendre autant de risques !

Sur l'écran, on voyait des souris qui se lançaient dans le vide suspendues à un parachute, d'autres

qui descendaient les rapides d'un fleuve dans de minuscules canoës, d'autres encore qui participaient à d'absurdes **COURSES SUR ROLLERS**.

Comment pouvait-on risquer sa vie pour une seconde de célébrité ?

Le **SOLEIL** couchant dorait les toits, illuminait les monuments, s'abaissait, résigné, sur l'horizon, laissant place à l'obscurité.

J'aime ce moment, quand la ville s'apaise, que les lumières s'allument une à une et que tout s'arrête. Cet instant magique me plongeait dans de profondes méditations philosophiques, et, perdu dans mes pensées, je réfléchissais sur le sens de la vie quand, soudain...

– **POUSSEZ-VOUUUUS !** cria une petite voix aiguë qui me transperça les tympans. Je n'eus pas le temps de m'écarter que des ROLLERS

Des rollers me passèrent sur l'oreille…

me renversèrent et me passèrent sur l'oreille, où ils imprimèrent une profonde empreinte.

– Dis donc, toi, tu as des bouchons de fromage dans les oreilles, ou quoi ? hurla encore la voix.

Puis il y eut un cri de surprise :

– Chef, c'est toi ? Qu'est-ce que tu fais là ?

J'allais ouvrir la bouche pour répondre, quand j'entendis une autre voix hurler :

– DU LAAAARGE !

Je fus renversé une fois de plus.

Et d'autres ROLLERS me passèrent sur l'oreille – la gauche, cette fois-ci.

J'ouvris les yeux : je découvris les petits museaux rusés de Pinky, mon assistante (elle a quatorze ans), et de Merry, l'assistante de mon assistante (qui a quatorze ans elle aussi).

Pinky Pick

Pinky dirige un nouveau journal pour les petites souris, **Tohu-Bohu**, qui rencontre un succès phénoménal à Sourisia.

Vous vous demandez sûrement pourquoi j'ai engagé Pinky et Merry si elles n'ont que quatorze ans…

Merry

Lisez mon livre *Mon nom est Stilton, Geronimo Stilton* et vous comprendrez.

Je ne vous en dis pas plus :

c'est une longue histoire…

TARTE
AU FROMAGE

– Alors, chef, comment ça va ? Tu sais, on teste les **ROLLERS** à réaction ! m'annonça Pinky en me montrant ses patins de pointure **43**. Tu te souviens, hein ? Les patins de la société

KANTUTOMBETABOBO

le sponsor de notre nouveau journal !
– Des patins ? Des **ROLLERS** ? Dingue, chicotai-je en secouant la tête. Moi, je ne monterai jamais sur des engins pareils !
– Ah, chef, ça, c'est un sponsor ! Il ne fait pas les choses à moitié ! Il a donné un paquet de pognon à notre journal pour petites souris, ***Tohu-Bohu***. Au fait, chef, fais-moi penser que **j'ai un truc à te dire…**

– Quoi donc ? demandai-je distraitement.

– Oh, rien, rien, je t'expliquerai plus tard.

Tout en discutant, nous étions arrivés devant chez moi.

– Chef, puisque tu insistes, nous allons prendre un goûter chez toi ! déclara Pinky.

Je soupirai :

– O.K., entrez. Servez-vous, le RÉFRIGÉRATEUR est par là…

Mais Pinky et Merry étaient déjà dans la cuisine.

– Oh, regarde, une tarte au fromage ! Et des chocolats à la triple crème ! Et même un pâté à la raclette ! s'écrièrent-elles, tout excitées.

Merry se prépara un hamburger au triple roquefort, accompagné de frites trempées dans la mayonnaise.

– Dis donc, chef, tu ne te refuses rien ! commenta Pinky.

(Puis, s'adressant à Merry :) Je te l'avais bien dit, que ça vaudrait le coup de goûter ici.

Se tournant vers moi, elle ajouta alors :

– Ah, **faut que je te dise ce truc**, et, après, je t'expliquerai…

Le téléphone sonna.

Dring !
Dring !
Dring !

Je décrochai le poste de la cuisine pour tenir à l'œil mes deux testeuses folles.

– Allô ? Je suis bien chez Stilton ? Bonjour, ici le service de presse de la société

KANTUTOMBETABOBO

Nous avons été contactés par Pinky Pick et son assistante, Merry, elles nous ont dit qu'elles travaillaient pour vous...

– Hélas, oui, c'est une **longue** histoire... soupirai-je.

– Bon, elles nous ont dit que vous étiez la souris idéale pour tester notre nouveau modèle de patins à roulettes. *Monsieur Stilton*, je voulais vous demander : alors, qu'en pensez-vous ? Vous les avez trouvés comment ? Vous les avez essayés ?

Pendant un instant, je ne sus pas quoi répondre. Et puis...

Je me rappelai soudain que, la veille, on m'avait livré une paire de ROLLERS à RÉACTION, que j'avais trouvée sur mon bureau avec une carte que je n'avais pas eu le temps de lire.

– Euh, vraiment, je n'ai pas encore eu le temps, mais je le ferai dès que possible, je suis sûr qu'ils sont excellents.

Pour Geronimo Stilton

– Vous êtes un sacré RIGOLO, vous ! Ça m'étonnerait que vous ne les ayez pas essayés, étant donné que vous devez partir demain !

J'AI UN TRUC
À TE DIRE !

Je crus que j'avais mal compris.

– Excusez-moi, qu'avez-vous dit ? Demain ? Qui doit partir ?

À l'autre bout du fil, le gars, *enfin le rat*, éclata de rire :

– Ha ha haaa, comme vous êtes drôle, *monsieur Stilton !* Maintenant, vous faites semblant d'avoir oublié que, demain, vous participez à la plus **grande**, à la plus **FOLLE**, à la plus **dingue** des courses de patins à roulettes ! Allez, ne jouez pas au modeste !

Je continuai à ne pas comprendre, jusqu'à ce que, soudain, un doute atroce m'effleure. Je remarquai que Pinky se dirigeait vers la porte *sur la pointe des pattes*

Je remarquai que Pinky se dirigeait vers la porte sur la pointe des pattes…

– … c'est votre assistante, mademoiselle Pinky, qui a tout organisé. Vous vous rendez compte, c'est elle, elle toute seule, qui a eu cette idée géniale. Elle a dit que vous étiez une souris extraordinaire, ATHLÉTIQUE, MUSCLÉE… continuait à jacasser le rongeur au téléphone.

J'essayai de protester, ahuri :

– ATHLÉTIQUE, MUSCLÉ ?

Moi ? Vous parlez vraiment de moi ?

– Mais bien sûr ! répliqua l'autre. Vous êtes bien Stilton, n'est-ce pas ? Stilton, l'éditeur ?

– En effet…

– Mademoiselle Pinky a dit que vous n'avez peur de rien…

Pinky, revenue, secoua sous mon museau un papier où elle avait écrit : **j'ai un truc à te dire…**

Mais le rongeur poursuivait :

– Bon, le départ a été fixé à huit heures, devant les bureaux de notre société

KANTUTOMBETABOBO

Apportez seulement les patins à réaction, nous fournissons tout le reste : la *COMBINAISON AÉRODYNAMIQUE* en Néoprène, le **casque** en Kevlar, le sac à dos ultra-léger et ultra-accessoirisé.

Je m'éclaircis la gorge :

– C'est très gentil de votre part de m'inviter à assister à cette course, mais, vous le savez, *je dirige un journal*. Je n'ai pas le temps.

– Mademoiselle Pinky a pensé à tout. La direction de la maison d'édition sera confiée à votre sœur, Téa Stilton ! Tout le monde dit que le journal *se passera très bien de vous...*

BON, JE VAIS T'EXPLIQUER !

Comme en rêve, je raccrochai le téléphone. Je me tournai vers Pinky.

– Euh, chef, **j'ai un truc à te dire...**

– Ah oui ? Et quoi donc ? murmurai-je, méfiant.

– Voilà, je suis sûre que tu vas être CONTENT, FOU DE JOIE. Je t'ai inscrit au concours de patins à roulettes, tu pars demain matin. Pense à la publicité :

l'éditeur Geronimo Stilton participe à la course la plus dingue de l'année !

– Tu veux dire que seuls les **DiNGUeS** y participeront ? demandai-je, sceptique. Il n'en est pas question. Oublie cette idée.

– Chef, ne réagis pas comme ça... je veux dire

que *tu ne peux pas* réagir comme ça. Tu es forcé d'y participer, répondit-elle tout bas, en restant dans le vague.

– Vraiment ? **Et qu'est-ce qui m'y oblige** ? répliquai-je, sur un ton de défi.

– Eh bien, j'ai déjà invité tous les journalistes à assister au départ. J'ai dit que, si tu gagnes la course, tu reverseras le prix à l'association *Orphelins souriceaux*. Si tu n'y participes pas, tu passeras pour un égoïste.

– Il n'en est pas question ! Je refuse de mc couvrir de ridicule ! Je parie que tous les cinglés vont participer à cette course ! Je ne supporterai pas de porter une *COMBINAISON FLUO* en Néoprène !

Le lendemain matin, à

huit heures, j'étais devant les bureaux de la société de patins à roulettes

où devait être donné le départ de la course. Deux cent trente-cinq concurrents étaient sur la ligne de départ.

J'étais le seul à avoir plus de quinze ans.

Je portais une horrible combinaison vert fluo, un casque avec un trou pour les oreilles, des **protège-genoux**, des protège-coudes, un protège-queue, etc., et j'avais l'air terriblement ridicule !!!

Les journalistes invités par Pinky me mitraillaient, et j'étais aveuglé par les flashs.
– Chef, j'ai aussi invité la télévision ! **RAT TV** !
Comme ça, tout le monde pourra te voir à Sourisia ! annonça gaiement Pinky. Et en plus, figure-toi que les gens des **PlUS BArJoS dES SoURiS bARJOS** m'ont téléphoné. Ils ont appris que tu devais participer à la course et ils m'ont promis que, si tu revenais, ils te consacreraient une émission spéciale : tu te rends compte, une émission qui te sera entièrement consacrée !
Tu vas devenir célèbre !
Je ne pouvais rien dire, mais je lui lançai un regard qui aurait foudroyé un chat.
Au premier rang des spectateurs venus pour m'encourager, je vis tous mes collaborateurs : Chantilly, Margarita, Fred, Sourine, Rongeot, Lupin, Sourisette, Quesita… Tous hurlaient en chœur :
– STIL-TON ! STIL-TON ! AL-LEZ, STIL-TON !

Et ils me criaient de ne pas m'en faire, que la combinaison m'allait à ravir, que j'avais UN LOOK TRÈS TECHNOLOGIQUE.

Mais Traquenard, mon cousin, la souris la plus mal élevée que je connaisse, éclata de rire :

– Ouah, ouah, ouah ! Je n'avais pas ri autant depuis la dernière fois que je suis allé au cirque…
Dis-moi, combien on te paie pour faire le CLOWN ?

Étant donné que je me considère comme une souris bien élevée, je me retins de lui sauter au museau pour lui arracher un à un les poils des moustaches.

CENT
À L'HEURE

Pour éviter d'être pris en photo, j'allai m'enfermer dans les toilettes.

Là, je me demandai mélancoliquement **pourquoi**, **pourquoi**, **pourquoi** c'était toujours moi qui me retrouvais dans certaines situations ?

Qu'est-ce que j'avais fait pour mériter ça ?

Je venais de découvrir (un autre détail que Pinky s'était bien gardée de me révéler) que la **COURSE** se déroulerait sur un parcours de mille trois cents kilomètres.

J'ai bien dit mille trois cents !

1 300 km

Mes patins à réaction fonctionnaient avec

des batteries au titane qui garantissaient une autonomie de plusieurs jours.

La vitesse maximale était de trois cents kilomètres-heure.

Ils avaient une reprise délirante : **300 km/h**

dès qu'on allumait le moteur, ils partaient à une vitesse stratosphérique et atteignaient les cent kilomètres-heure en trois secondes !

Rien que d'y penser, j'en pleurais !

J'essuyai une larme avec le papier hygié-nique, puis je pris mon courage à deux pattes et sortis des toilettes.

Au départ, on m'attribua le numéro **13**.

– Tu es sûr d'avoir bien compris le fonctionne-ment des patins, chef ? demanda Pinky, préve-nante, tout en astiquant mes ROLLERS.

– Euh, oui, je crois avoir compris. Pour allumer le moteur, j'appuie sur le bouton vert de la télé-commande, et pour l'éteindre, sur le rouge.

– Nooon, **chef** ! Tu as tout faux ! Pour allumer, c'est le bouton rouge, et pour éteindre, le vert !

– Ah oui, bien sûr, donc, pour accélérer, il y a le levier jaune, l'embrayage correspond au bouton orange, non, au bouton violet, enfin au bleu... Je n'y arriverai jamais, enlève-moi ces patins ! hurlai-je, désespéré.

Il se fit un silence total, tout le monde se tourna dans ma direction.

Les journalistes, plus cancaniers que jamais, accoururent vers moi.

– Une déclaration, *monsieur Stilton ?* Vous jetez l'éponge ? Vous faites une crise de nerfs ?

C'est alors qu'un haut-parleur annonça :

– Tout le monde est prêt ? On y va !

Au milieu des cris et des encouragements, toutes les souris se précipitèrent sur la ligne de départ.

– Trois, deux, un… À vos marques, prêts, partez !
Dans la confusion générale, je ne savais plus sur
quel bouton je devais appuyer.
Je me tournai vers Pinky pour demander son
aide, et elle agita sa casquette.
Ah, oui, le **BOUTON ROUGE** !
J'avais à peine effleuré le bouton en question que
les patins semblèrent doués de vie.
J'avais l'impression d'avoir des ailes aux pattes.

Première étape : Sourenheimer

La première étape était le port de Sourenheimer, sur la côte occidentale.

Les concurrents devaient traverser la ville de Sourisia, prendre l'autoroute, et, après un parcours de deux heures et demie, arriver à Sourenheimer, où leur feuille de route serait tamponnée avant la poursuite du voyage.

Tenant, d'une patte, la télécommande des patins et, de l'autre, le plan qu'on avait remis à tous les participants, je FONÇAI dans les rues de Sourisia.

La police avait bloqué la circulation, pour permettre aux concurrents de traverser les rues, les places et les ruelles à des vitesses folles.

– Allez, vas-y, **PLUS VITE !** criaient les spectateurs.

J'essayai de rouler aussi lentement que possible, mais je découvris avec horreur que les patins allaient à une vitesse minimale de cent kilomètres-heure. Bientôt, je me perdis, je ne savais plus dans quelle direction me diriger, mais quand je voulus éteindre les patins pour demander ma route, je

m'aperçus qu'ils étaient bloqués. Je tapotai le
bouton d'arrêt, mais cela ne servit
qu'à accélérer à deux cents
200 km/h
à l'heure.

–**Poussez-vouuuuuus !**
hurlai-je, désespéré.

JE N'ARRIVE

Je m'engouffrai
à toute vitesse dans une rue
qui débouchait sur la place Tortillon, et
quand je me retrouvai devant le marché, je crus
que ma dernière heure avait sonné.

À deux cents à l'heure, je slalomai entre les étals, provoquant des dégâts en cascade.

J'allais trop vite pour entendre ce que me disaient les marchands, mais, rien qu'à voir leurs figures, j'imaginais que c'étaient des injures grossières.

– Tête de...

– Espèce de...

Ce furent les seuls mots que je pus saisir.

Mais, c'est connu, à deux cents à l'heure, on ne comprend pas très bien.

PAS A M'ARRÊTEEEEER !

Il y a toujours un raccourci

Je ne comprenais pas comment j'avais pu sur-
vivre à la traversée du marché. Le plus important, c'était que je sois toujours en **VIE**.
Et les patins fonctionnaient encore.
Hélas.
Ils ne s'étaient même pas arrêtés une demi-
seconde, malheur de malheur !
Toujours à une **VITESSE FOLLE**, je dévalai
l'avenue qui conduit au port.
Je m'engageai sur un toboggan de bois qui
descendait dans un cargo bananier prêt
à lever l'ancre.

Je fis deux ou trois culbutes en l'air (sous les
applaudissements des badauds qui croyaient
que je donnais un spectacle et que j'effectuais
un triple saut de la mort).
Je crus que j'allais tomber à l'eau, mais j'atterris
la tête la première dans un tas de bouées
de sauvetage.

TU ES ARRIVÉ PREMIER !

Je pus enfin éteindre les patins, et j'émergeai au milieu des bouées.

Je trébuchai, perdis l'équilibre et tombai du pont. Je fus happé par un offshore, un bateau très puissant et très rapide.

Le bruit des moteurs était si fort que je n'arrivai pas à me faire entendre du pilote. En plus, le vent EMPORTAIT MES PAROLES.

– Ohééééééé ! hurlai-je à pleins poumons.

Mais en vain.

– Ohééééééé ! criai-je en agitant les pattes pour essayer d'attirer son attention.

L'offshore fonçait en bondissant sur les vagues, et je n'osai pas m'approcher du pilote, par peur d'être projeté dans l'eau.

En plus, je suis sujet au mal de mer, et je ne vous raconte pas combien de fois je m'en voulus d'avoir pris le départ de cette horrible course.

Au bout d'une heure, nous aperçûmes un port dans le lointain. Sans ralentir son allure, l'offshore continua jusqu'au quai, où il s'immobilisa.

– Où sommes-nous ? demandai-je au pilote.

Le mal de mer m'avait épuisé.

– Nous sommes à Sourenheimer ! me répondit-il, surpris. Mais d'où tu sors, toi ?

Je descendis du bateau en chancelant, j'avais la tête qui tournait et les jambes qui flageolaient.

Ah, quel soulagement de se retrouver sur le plancher des vaches !

Hélas, j'avais oublié ces maudits patins à réaction…

J'appuyai malencontreusement sur le **BOUTON ROUGE**, et les **ROLLERS** repartirent !

Je m'engouffrai dans la petite rue qui mène du port au centre-ville.

Je me retrouvai brusquement devant une estrade ornée de fleurs, de rubans et de cocardes. Impossible de m'arrêter !

– Au secouuurs ! criai-je, en renversant les décorations et les banderoles derrière moi.

Les patins m'emportèrent vers les cuisines provisoires qu'on avait installées pour la réception, et je plongeai, la tête la première, dans une énorme bassine de fromage fondu, où les invités auraient à tremper des croûtons.

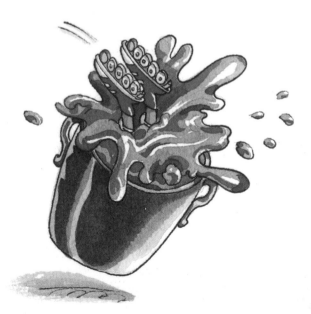

MAIS C'EST LUI, C'EST STILTON !

On vint me tirer de la bassine de fondue.

– Mais qui est-ce donc ? se demandaient tous les rongeurs.

Quand j'eus nettoyé le **fromage fondu** qui me recouvrait le museau, un journaliste me reconnut :

– Mais c'est Stilton ! *Geronimo Stilton !*

– Mais oui, c'est Stilton, l'éditeur !

– Ça, **C'EST ORIGINAL**, comme truc, pour se faire remarquer ! C'est un génie du marketing !

Les photographes me mitraillèrent. J'essayai de protester, de dire que je ne voulais absolument pas être photographié dans ces conditions.

Mais j'avais la bouche pleine de fondue et je n'arrivai pas à me faire comprendre.

– Demain, tu feras **la une** de tous les journaux de Sourisia ! s'écria Pinky qui venait d'arriver. Tu es content, chef ?

J'essayai de l'attraper, mais elle m'échappa des pattes : la fondue est **GLISSANTE** !

STIL-TON !
STIL-TON !

– *Monsieur Stilton*, veuillez me suivre, montez sur l'estrade ! me dit un rongeur en smoking.

– Mais quelle estrade ? Quelle estrade ?

– Félicitations, monsieur Stilton, vous avez remporté la première étape ! Vous êtes arrivé premier !

– Euh, merci, mais je ne pourrais pas prendre une douche, d'abord ? Parce que la fondue...

– Mais non, vous êtes parfait comme ça ! Vous savez que la fondue est aimablement fournie par la société **LAFONDUE**, qui sponsorise la course. Quel coup publicitaire, monsieur Stilton ! Nous-mêmes, nous n'y avions pas pensé ! Vous l'avez fait exprès, bien sûr. Hé hé hééé... Vous êtes un gros malin de rongeur !

On m'aspergea à l'aide d'un seau d'eau
GLACÉE :

– Et voilà, chef ! C'est plus rapide qu'une douche !
C'était Pinky.

On me remit le prix : une énorme coupe en
platine.

– **Stil-ton ! Stil-ton** ! acclamait la foule.

Les journalistes me prenaient en photo sous
toutes les coutures, tandis que j'essayais de me
cacher derrière la coupe.

... j'essayais de me cacher derrière la coupe.

QUEL CAUCHEMAR !

Je passai **UNE NUIT ATROCE**, à faire cauchemar sur cauchemar. Ce n'étaient pas des chats qui me poursuivaient, mais des patins !

À cinq heures du matin, j'entendis qu'on frappait à ma porte. J'enfonçai ma tête sous l'oreiller : pas question de me lever ! Mais, de l'autre côté de la porte, on insistait. Qui osait troubler le sommeil d'un **ATHLÈTE** ?

C'était Pinky.

– Salut, chef, ça va ? Tu es prêt ?

– Grounf, il y a certaines choses pour lesquelles on n'est jamais prêt, marmonnai-je en sortant péniblement de mon lit.

J'avais les muscles des pattes tout **ENDOLORIS**.

Comment allais-je pouvoir rester un jour encore sur des patins ?

 Pinky me fit un clin d'œil.

– Chef, je t'ai apporté une bonne tasse de **CHOCOLAT** chaud !

C'était vraiment une *gentille* pensée.

Je la remerciai, presque ému.

Je bus le **CHOCOLAT**, grignotai la brioche au fromage qu'elle m'avait également apportée.

Puis, comme en passant, elle dit :

– Euh, tu sais ce qui t'attend aujourd'hui, n'est-ce pas ?

Je répondis distraitement :

– Non, je suppose qu'il va encore falloir parcourir quelques kilomètres sur une autoroute que la police interdira à la circulation pour laisser passer la course. Mais je ne suis pas inquiet : C'EST FACILE de patiner sur l'autoroute. Ça changera d'hier !

Elle s'éclaircit la voix :

– Bien sûr, ce sera un voyage facile. En plus, tu respireras le bon air, ça te fera du bien !

J'étais perplexe.

– Le bon air ? Ça m'étonnerait. Au mieux, sur l'autoroute, je respirerai les gaz d'échappement.

Elle insista :

– Mais si, tu verras, un air exceptionnel, pur, revigorant, un air… de montagne !

Je la regardai, méfiant.

– De montagne ? Pourquoi parles-tu de montagne ? On va pique-niquer en montagne ? J'ai du mal à comprendre…

J'attendais des explications, mais elle était déjà sortie, en criant :

– On se voit plus tard, saluuuuut !

Saluuuuut !

Saluuuuut !

VOUS SAVEZ CE QUI VOUS ATTEND, HEIN ?

Je sortis. J'étais en retard, parce que je n'arrivais pas à mettre la patte sur mes lunettes. Les autres concurrents avaient pris **PLACE** sur la ligne de départ.

– Vous êtes prêt, *monsieur Stilton* ? Dépêchez-vous, on va donner le départ dans une minute !

Je cherchai fébrilement Pinky.

– Où est Pinky ? Où est mon assistante ? chicotai-je, inquiet.

Mais on aurait dit qu'elle s'était évanouie, volatilisée.

Un des organisateurs me tendit une enveloppe contenant le parcours.

– Votre assistante vous a tout expliqué, hein ?
Vous avez compris ce qui vous attend, hein ?
Vous avez bien mesuré toutes les consé-
quences ? Alors, **signez ici** !

Et il brandit un papier sous mon museau.

J'aurais voulu le lire avant de signer, mais tous
les concurrents étaient déjà prêts à partir. Je
n'avais plus le temps.

Que faire ?

GRRRRR, POURQUOI PINKY AVAIT-ELLE DISPARU ?

Je soupçonnais qu'elle l'avait fait exprès.

Résigné, **je signai le papier.**

QUOI QUOI QUOI ???

– Voilà, gardez-en un double ! dit l'organisateur en me poussant vers la ligne de départ. Allez, dépêchez-vous ! Ou on partira sans vous !

Tout essoufflé, j'appliquai mon numéro de départ sur ma combinaison et enfilai mes patins.

– Trois, deux, un… À vos marques, prêts,

PARTEEEEEEEEZ !

Nous partîmes.

J'ouvris l'enveloppe contenant la carte sur laquelle était tracé le parcours.

Je lus le nom de quelques endroits. Mont Noir, pic du Rat piqué, col de la Lampe éteinte…

Bizarre, il n'y avait pas de parcours sur auto-route ? Puis mon œil tomba sur le papier que je venais de signer. Une simple formalité, pensai-je. Ou une sorte d'assurance.

Je lus :

« *Je soussigné dégage les organisateurs de la course de toute responsabilité en cas d'accident, même mortel, qui se produirait lors de l'étape de montagne...* »

Quoi quoi quoi ? Je n'en croyais pas mes yeux.
Je m'arrêtai pour mieux lire : « *... ravins...*
précipices... crevasses... glaciers...
éventuelles éruptions volcaniques...
chutes de rochers... route défoncée, ou
plutôt sentier défoncé... attaques de
félins barbares... » ???

POUSSEZ-VOUS,
POUSSEZ-VOUUUS !

Je compris pourquoi Pinky s'était éclipsée au moment du départ.

Elle n'osait pas me le dire, hein ?

Ah, je lui ferai payer ça, elle allait m'entendre : **je lui dirai ce que je pensais** des courses de patins, des orphelins, de la fondue, des premiers prix, des actions de marketing ! **Pourquoi**, mais **pourquoi** avais-je eu la déplorable idée de la prendre comme assistante ?

Tout en méditant sur l'injustice du sort réservé aux souris qui, comme moi, sont trop bonnes, je fourrai les papiers dans mon sac à dos et regagnai la piste.

Ainsi donc, il fallait suivre une route nationale pendant dix kilomètres, puis tourner à droite et commencer à monter en direction du pic du Rat piqué...

J'arrivai devant un viaduc.

J'avais retiré mes lunettes pour en nettoyer les verres, quand j'entendis un cri dans mon dos :

– POUSSEZ-VOUUUUUUUUUUS,
POUSSEZ-VOUUUUUUS !

Quelqu'un me heurta.

C'était un concurrent lancé à toute vitesse, qui avait pris son élan pour mieux aborder le début de la montée.

Une souris d'une dizaine d'années, à l'air très méchant, m'écarta brusquement et s'engagea sur la pente.

– C'est pas des façons ! eus-je à peine le temps de crier, avant de perdre l'équilibre et de *tomber* du haut du viaduc.

Après un vol plané de vingt mètres, j'atterris dans une botte de foin que transportait un triporteur qui avançait en cahotant. Sain et sauf !

J'atterris dans une botte de foin…

PITIÉ, PAS AVEC LA FOURCHE !

J'essayai de me dégager de la botte de foin, mais j'étais tellement **ENFONCÉ** que je n'y arrivai pas.

J'entendais de vagues bruits à l'extérieur, des voix, mais je ne comprenais pas où je me trouvais.

« AU SECOUUUURS ! SORTEZ-MOI DE LÀ

J'essayai de crier, mais j'avais la bouche pleine de foin.

Personne ne m'entendit.

Je me rendis compte que la botte de foin était soulevée dans les airs et chargée quelque part.

Un moment qui me parut interminable s'écoula. Des heures et des heures et des heures.

Je n'arrivais pas à comprendre où je me trouvais : je sentais que le chargement de foin était transporté, qu'il se déplaçait, mais je n'arrivais pas à comprendre de quelle façon.

Enfin, j'entendis de nouveau des voix :

– **OH LÀ !** Qu'est-ce que c'est que ce truc ?

– Tiens tiens tiens, c'est quoi ce truc qui sort de la botte de FOIN ? On dirait des roues.

– Tire dessus, qu'on y jette un œil ! Essaie de DONNER DES COUPS de fourche là-dedans, pour voir ce que c'est !

– Non, pas la fourche, non ! essayai-je de dire…
mais ils ne m'entendirent pas, à cause du foin que
j'avais dans la bouche. Alors, terrorisé, j'agi-
tai désespérément les pattes pour attirer l'attention.
Enfin, ils s'aperçurent que j'étais là et me libé-
rèrent. Je regardai autour de moi : j'étais sur un
téléphérique.

Au milieu des montagnes. En dessous de moi, le vide... **Horrifié**, je me couvris les yeux de la patte (je ne vous l'ai pas dit ? **Je souffre du vertige !**), mon cœur ne tiendrait jamais jusqu'à l'arrivée, j'en étais sûr !

DEUXIÈME ÉTAPE : PIC FÉLINIQUE

Je descendis du téléphérique en titubant.

Autour de moi s'étaient rassemblés une foule de paysans ébahis, qui me regardaient comme si j'étais une apparition.

– Où suis-je ? demandai-je avec un filet de voix.

– Tu es au sommet du pic Félinique, l'ami !

J'avais la tête qui tournait.

– La course… le départ… l'arrivée… essayai-je d'expliquer, mais je fus alors remarqué par un rongeur qui portait un tee-shirt avec l'inscription :

LA COURSE LA PLUS DINGUE DU MONDE

Il s'écria, d'une voix hystérique :

– Le voilà, c'est lui ! Le premier concurrent !

Un groupe de supporters qui le suivait commença
à scander en chœur :

– Stil-ton ! Stil-ton !

Des ROCKERS déchaînés, portant eux
aussi des rollers aux pieds, m'entourèrent et me
soulevèrent de terre.

J'essayai de me dégager et d'expliquer :

– Ce n'est pas moi qui suis arrivé le premier… le foin… le téléphérique…

au secouuuuuuurs !

Les rongeurs me portèrent en triomphe jusqu'à l'estrade, puis, poussant un grand cri de joie, ils me lancèrent en l'air, mais, malheur de malheur, ils n'arrivèrent pas à me rattraper…

J'atterris la tête la première dans un énorme vase de fleurs. Je me débattis dans l'eau du vase et émergeai avec un narcisse à l'oreille et un écriteau dans la bouche :

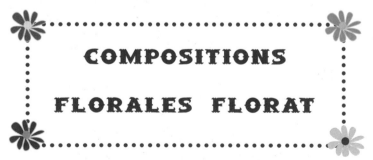

COMPOSITIONS FLORALES FLORAT

J'émergeai avec un écriteau dans la bouche…

VOUS ÊTES UN GÉNIE, STILTON !

On me déposa sur l'estrade pour la remise du prix : j'étais couvert de fleurs et tout trempé.

– Vous êtes un génie, Stilton ! me murmura le directeur de la course, admiratif. La société **FLORAT**, un autre de nos sponsors, sera heureuse de voir, à la une de tous les journaux, la photo du vainqueur décoré des fleurs qu'elle a offertes !

J'étais désespéré.

Moi, un rongeur SÉRIEUX, de **grande classe**, **respectable**, jouissant d'une certaine situation sociale (éditeur !) et ayant un certain niveau culturel (ne suis-je pas bardé de diplômes ?), on me photographiait en **COMBINAISON FLUO**,

au milieu des fleurs, sur une estrade, entouré de souris surexcitées !

J'imaginais déjà les réactions de mes concurrents :

– Stilton se ruine tout seul !

Quand les photographes commencèrent à me mitrailler, j'essayai de me cacher derrière les fleurs, mais je savais bien que, de toute façon, on me reconnaîtrait.

UN DISCOURS !
UN DISCOURS !

Ce soir-là, pendant le dîner, il fallut que je fasse un discours.

J'étais tellement fatigué que j'avais peur de m'endormir, le museau dans l'assiette.

Mais cette traîtresse de Pinky suggéra :
– **Un discours ! Un discours !** L'éditeur Stilton veut dire quelques mots sur la profonde signification intellectuelle du patin à roulettes dans l'histoire des Souris ! Silence, écoutez tous ! Il va dire des choses vraiment très intéressantes ! Je ⓑⓛⓔⓜⓘⓢ. Je déteste parler en public, je suis une souris très **timide**. Je compris tout de suite que j'allais me couvrir de ridicule.

Je sentis ma langue qui *s'entortillait dans ma bouche !*
– **Gloubb, gnicccc, grubbbb…** balbutiai-je.
Pinky m'arracha le micro des **PATTES**.
– Chers amis, mon chef, *monsieur Stilton*, insiste, *insiste* vraiment pour que ce soit moi qui vous parle du patin à roulettes. Comme c'est généreux ! Je vais donc vous donner mon avis en quelques mots. Le patin, inventé (peut-être) il y a trois mille ans, était déjà connu des anciennes populations du **Nord**, qui s'en servaient pour dévaler à toute vitesse les raides pentes des montagnes…
Je dois dire qu'elle prononça un *beau discours*. Pinky n'était jamais à court de mots ! Mais je ne l'écoutai pas jusqu'au bout. Je m'endormis, comme prévu, en piquant du museau dans l'assiette.

FATIGUÉ ?
ET COMMENT !

Après le repas, je me traînai paresseusement jusqu'à mon lit.

Je m'endormis comme une masse dès que j'eus posé la tête sur l'oreiller.

Je passai encore une NUIT AGITÉE, peuplée de cauchemars. Je rêvai de tout : des félins barbares me poursuivaient, armés de haches dégouttant de SANG DE SOURIS, des épouvantails

Je rêvai de tout : des félins barbares me poursuivaient…

des épouvantails de foin me pourchassaient
pour m'embrocher…

de foin me pourchassaient pour m'embrocher avec de grosses fourches, des hordes de souris déchaînées me portaient en triomphe en hurlant...

 Je me *réveillai* en sursaut à cinq heures du matin : on frappait à la porte. C'était Pinky.

– Félicitations, **chef** ! Continue comme ça ! Les orphelins comptent sur toi...

– Grounf, je crois que j'ai droit à des explications ! marmonnai-je.

– Bien sûr, **chef**, est-ce que je t'ai jamais caché quoi que ce soit ? demanda Pinky d'un air innocent.

– Alors, à quoi ressemble l'étape d'aujourd'hui ? la questionnai-je.

– Ah, **chef**... si tu savais. Mais j'imagine que tu es un peu fatigué, non ? reprit-elle d'un air compréhensif.

– Fatigué ? Et comment ! Tu peux le dire !!! m'écriai-je furibond.

– Allez, **chef**, tu es peut-être un peu fatigué, mais…
à moi, on ne la **fait** pas. Tu n'as pas monté toute la
côte, hein, **chef**, quelqu'un t'a un peu avancé, non ?
dit-elle en me donnant un coup de coude et avec un
clin d'œil. Tu peux bien me le dire à moi, **chef** !
Je soupirai :

– Avancé, avancé, c'est vite dit ! J'étais
là, sur le truc, enfin, sur le viaduc, et un
concurrent est arrivé derrière moi, il m'a
ꝑ◌ꞹ꯱꯱꯱ moi, le téléphérique, le foin…

– **Chef**, tu es malin, tu es trop malin !!! conclut-
elle, admirative. Je n'ai pas très bien compris
comment tu t'es débrouillé, mais l'important,
ce n'est pas de participer, c'est de gagner, coûte
que coûte !

CHEF ! CHEF ! CHEF ! CHEF ! CHEF ! CHEF ! CHEF ! CHEF ! CHEF ! CHEF ! CHEF ! CHEF ! CHEF ! CHEF ! CHEF ! CHEF ! CHEF ! CHEF !

C'EST TOUT
EN DESCENTE, CHEF !

J'insistai :

– Alors, dis-moi : à quoi ressemble l'étape d'aujourd'hui ? C'est la dernière, n'est-ce pas ? Heureusement, après cela, la course sera finie !

Pinky farfouilla dans son sac à dos et en tira son maxi-agenda, qui était encore plus **énorme** que d'habitude. Il faut que vous sachiez que Pinky ne sort jamais sans son agenda, bourré de photographies, de dédicaces, de dessins, de notes, d'autocollants, etcætera, etcætera.

Parfois, j'ai l'impression qu'il va **EXPLOSER**, tant tout y est **comprimé**.

Bref, elle le feuilleta d'un air professionnel et chicota :

– **Chef**, voilà une bonne nouvelle : l'étape d'aujourd'hui est facile, très facile. Une vraie plaisanterie. C'est tout en descente, chef !

FORME

JE N'AI PAS CONFIANCE !

– Hum ! commentai-je, soupçonneux. Sois plus précise… je n'ai pas confiance ! Qu'est-ce que ça veut dire : « tout en descente » ?

– Tu verras bien ! Tu verras bien, **chef** ! Pour l'instant, on est en hauteur, n'est-ce pas ? On ne peut donc que redescendre ! Comme ça, tu ne te fatigueras pas ! C'est pratique, non ? Même si tu t'es moins fatigué que les autres pour monter, **chef** : on t'a avancé un peu, hé hé hééé ! **Vieux roublard !**

Et elle me donna un coup de coude dans les côtes.

– Ne me donne pas de bourrades ! hurlai-je. Et ne dis pas que je suis un vieux roublard ! Tu n'as pas idée de ce que j'ai vécu, hier ! Le foin, le téléphérique…

C'est alors que la porte s'ouvrit. Merry entra en courant.

– **Chef** ! Qu'est-ce que tu fais ? Tu n'es pas encore habillé ? On part bientôt ! Tu ne veux tout de même pas arriver en retard ?

Je regardai ma montre : en effet, hélas, il était l'heure de partir.

– Euh, voilà, vraiment... je ne me sens pas très bien ! J'ai terriblement mal au ventre, je ne crois pas que je pourrai finir la course ! dis-je **en grimaçant** (il *fallait* que j'aie l'air souffrant).

Pinky me coupa vivement :

– Mais que dis-tu, chef ? Tu ne veux tout de même pas abandonner maintenant ? Pense à ces pauvres ***orphelins*** !

QUAND LES THERMOMÈTRES EXPLOSENT

Merry et Pinky me poussèrent hors de la chambre.

– Pourquoi, pourquoi, pourquoi dois-je participer à cette **absurde course** ? criai-je, à bout de nerfs.

Cette fois encore, les autres concurrents étaient déjà prêts.

Mais ils n'étaient

pas sur une ligne de départ : ils avaient tous pris place dans une cabine de **téléphérique**.

– Vite, monsieur Stilton, vite ! cria l'organisateur.

Je montai à bord du téléphérique juste avant qu'on ne ferme les portes.

À travers les **fenêtres**, je vis Pinky qui acquiesçait d'un air satisfait.

Merry, elle, avait l'air honteux.

Pourquoi cela ? me demandai-je.

Puis, brusquement, je m'aperçus qu'on ne m'avait pas **v r a i m e n t** expliqué en quoi consistait la dernière étape.

Le téléphérique monta **l e n t e m e n t** pendant une heure environ.

Quand nous fûmes arrivés au sommet, juste en haut du mont Peureux, je descendis en frissonnant.

Il régnait un **FROID INCROYABLE**. Je voulus contrôler la température sur un thermomètre, mais ils étaient tous cassés : la colonne de mercure avait **EXPLOSÉ**. Mauvais signe !

Je me penchai pour voir les pentes du

mont Peureux, et ce que je vis ne me plut pas du tout.

Un torrent courait impétueusement entre des rochers **POINTUS.**

Sur plusieurs mètres, les eaux du torrent bouillonnaient avec rage, puis, plus en aval, elles formaient une sorte de cascade, qui était gelée par endroits, et qui était toujours très raide.

Brrrrrr ! Brrrrrr !

QUE DOIS-JE FAIRE ?

L'un des organisateurs s'avança, et, claquant des dents à cause du froid, il expliqua :

– Chers amis rongeurs, chers concurrents **inconscients**... euh, chers concurrents courageux, êtes-vous prêts ? Vous êtes émus, hein ? Dans quelques minutes commencera la dernière étape... tout en $descente$, hé hé hééé !

Je remarquai que l'organisateur distribuait des gilets de sauvetage. Bizarre... À quoi cela pouvait-il bien servir ?

Peut-être était-ce encore un truc publicitaire d'un nouveau sponsor, qui voulait faire de la réclame pour ses produits. Mais je mis quand même le mien : mieux valait être prudent...

Le rongeur poursuivit :

– Vous allez pouvoir vous lancer. Adieu, et bonne chance !

Tous les concurrents se dispersèrent. Je sentis un frisson qui remontait par ma queue ; j'eus une pré-monition : comme dans un cauchemar, je me voyais TOMBANT dans le vide, dans une chute sans fin...

– Quoi quoi quoi ??? criai-je, inquiet. « Se lancer ? » Qu'est-ce que ça veut dire, « se lancer » ?

QUE DOIS-JE FAIRE ?????

Au même moment, quelqu'un plaça entre mes pattes un drôle de machin.

On aurait dit un canot miniature, ou plutôt un croisement entre un canot et un seau.

Soudain, j'eus comme un soupçon.

Puis j'entendis un sifflet, et je vis que le concurrent numéro 1 se lançait dans le **FLEUVE** après s'être installé dans le petit canot.

C'est alors que je compris : voilà ce que ça voulait dire, « tout en descente »…

LE « TOBOGGAN DU MUSEAU EN BOUILLIE »

Je n'avais absolument pas l'intention de me jeter dans le torrent !

Je trouvais ça très dangereux !

Je ne voulais pas risquer ma vie !

Et tout ça **À CAUSE D'UNE PAIRE DE PATINS !!!**

J'essayai de ne pas me faire remarquer, je fis demi-tour et m'éloignai de l'endroit du départ. Il régnait une telle confusion que personne ne s'apercevrait de mon absence.

Je voulais trouver un moyen plus tranquille de retourner dans la vallée, d'abandonner avec *DIGNITÉ* et de rentrer chez moi entier.

De l'autre côté du pic, je vis une étrange

... À CAUSE D'UNE PAIRE DE PATINS !!!

construction en bois, avec une petite porte où était fixée une plaque portant l'inscription : « **TOBOGGAN DU MUSEAU EN BOUILLIE** ». J'eus une autre prémonition : comme dans un cauchemar, j'imaginai que je tombai du haut de la montagne, les pattes en l'air, jusqu'au fond de la vallée... Puis je me dis que, si je me cachais dans la cabane, il ne pourrait rien m'arriver. Je me frottai les pattes, tout heureux. Plus rusé que moi, tu meurs !

J'allais attendre que tous les concurrents aient descendu le fleuve, puis j'expliquerais aux orga-nisateurs que je déclarais forfait et je prendrais tranquillement le téléphérique pour redescendre de cette montagne de manière civilisée.

Qui cela pouvait-il bien déranger que je perde la dernière étape de la course ? En tout cas, pas moi !

Je réfléchissais déjà à une belle excuse convain-cante pour expliquer les raisons de mon aban-don, quand je fus pris d'un doute.

Que signifiait « MUSEAU EN BOUILLIE » ? Et que venait faire là ce « TOBOGGAN » ?

DÉVALER JUSQUE DANS LA VALLÉE

À peine avais-je ouvert la petite porte de la **cabane** et mis la patte à l'intérieur que ma question obtint une réponse.

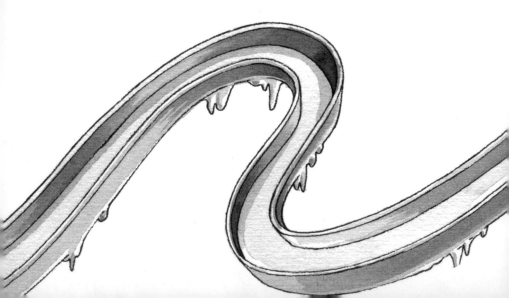

Ma patte se posa sur une plaque de glace, et j'eus alors une autre prémonition, ou, pour être exact, une certitude : c'était le début du toboggan ! *Par mille mimolettes !*

C'était un toboggan de glace, aussi large que le derrière d'une souris et très long, sans fin,

Aaaaaaaaaaaaaaaah !

puisqu'il partait du sommet du mont Peureux et descendait jusque dans la vallée.

J'essayai désespérément de *m'agripper* à quelque chose, n'importe quoi, mais la glace était trop glissante et, une fraction de seconde après avoir ouvert la porte, j'étais déjà lancé sur la piste.

Je filais à une **VITESSE** effroyable, et qui ne cessait d'augmenter.

Le toboggan était très étroit, très raide, et il zigzaguait, avec parfois des virages en épingle.

– Pitiééééééééééééééééééé ! Pitiééééééééééééééééé !

Je hurlai, mais personne ne pouvait m'entendre.

Le **soleil** se levait, et ses premiers rayons firent resplendir la glace, aussi brillante qu'un miroir.

– **Aaaaaaaaaaaaaaah !** criai-je chaque fois que j'abordais un nouveau virage.

J'allais si vite que le frottement usait ma queue. Je sentis une odeur de peau grillée... et je priai pour que la descente s'achève rapidement.

Au secours... ma queue prend feu !

JE NE VEUX PAS AVOIR LE MUSEAU EN BOUILLIE !

Soudain, je compris qu'il n'y aurait plus de virages. La piste se déroulait, toute lisse, toute droite, jusqu'au bout... Justement, qu'y avait-il, au bout ? Je regardai mieux et... ce n'était pas possible !

Au bout de la piste se dressait un mur de glace !

Voilà pourquoi ça s'appelait le « **TOBOGGAN DU MUSEAU EN BOUILLIE** » !

Les rongeurs inconscients qui avaient survécu à la descente finissaient avec le museau écra-bouillé ! Que faire ?

– **JE NE VEUX PAS AVOIR LE MUSEAU EN BOUILLIE !** hurlai-je.

Le mur de glace se rapprochait à vue d'œil.

Le mur de glace se rapprochait à vue d'œil.

Je vis mon image juste en face de moi, car la surface glacée était aussi réfléchissante qu'un miroir : j'étais **TERRORISÉ**, pis que si j'étais poursuivi par un chat !

Soudain, je m'aperçus qu'un bloc de glace et de neige s'était détaché du sommet de la montagne et qu'il dévalait à une **VITESSE** terrifiante, encore plus vite que moi !

Je me demandai ce qui était le pire : avoir le museau écrabouillé ou être emporté par une avalanche...

Je n'eus pas le temps de décider, car le BLOC venait de me rattraper.

Je me retrouvai avec la tête en bas, plantée dans la neige.

UN BLOC DE GLACE ET DE NEIGE S'ÉTAIT DÉTACHÉ DU SOMMET DE LA MONTAGNE ET IL DÉVALAIT À UNE VITESSE TERRIFIANTE, ENCORE PLUS VITE QUE MOI !

... le bloc venait de me rattraper.

Enfin un rayon
de lumière !

Je ne savais plus où j'étais.

Je roulai, roulai, roulai… pendant un moment qui me parut interminable.

Enfin, après un dernier bond, j'entendis que la boule de neige s'arrêtait avec un **plop**, comme si elle s'était plantée à son tour dans quelque chose.

– Au secours ! Sortez-moi de là ! essayai-je de crier, mais j'avais la bouche pleine de neige.

Puis j'entendis quelqu'un qui creusait.

Et un rayon de lumière apparut.

Je vis un museau ratesque : c'était Pinky ! Je n'avais jamais été aussi content de la voir, parole de rongeur !

– Chef !!!!! Chef !!! Tu es arrivé premier ! Tu es un mythe vivant !

C'est alors que je m'aperçus que la boule de neige s'était plantée comme un bouchon dans une gigantesque coupe qui se trouvait sur l'estrade de remise des prix.

Évidemment, en descendant par le toboggan et en me retrouvant dans une avalanche, j'étais arrivé avant les autres concurrents.

Et personne ne s'était rendu compte que, cette fois encore, sans l'avoir voulu, j'avais pris un raccourci.

Merry tré_{pi}gnait de joie, tandis que Pinky, d'un air important, donnait des instructions aux journalistes.

– Allez-y, vous pouvez le photographier, voilà, un gros plan...

Ah, voyez-moi ça, il a les yeux écarquillés, les oreilles pleines de neige, c'est un vrai héros ! Voilà une souris courageuse !

– Mais vous n'avez pas une **éclabous-sure** ! Comment avez-vous pu descendre les rapides sans vous mouiller ? demanda un journaliste sportif, soupçonneux, qui essaya de s'approcher pour mieux m'examiner.

Pinky réfléchit un instant, regarda autour d'elle, puis se remit à parler en se plaçant devant moi pour me dérober à la vue des journalistes :

– Pour commencer, Stilton n'est pas une souris comme les autres. **C'est une super souris, une souris exceptionnelle !**

Et, quand tous les autres se mouillent, lui, il ne se mouille pas !

Et elle fit un signe à Merry, qui prit un vase de **FLEURS** et me le renversa sur la tête : j'étais trempé, des oreilles à la queue.

Pinky se poussa pour qu'on puisse me photo-graphier et annonça d'un air triomphal au jour-naliste soupçonneux :

– De toute façon, on ne peut pas vraiment dire qu'il n'est pas mouillé !

HEUREUSEMENT, C'EST FINI !

Oui, j'ai gagné le premier prix. Oui, je suis devenu une gloire nationale. Oui, tout le monde m'a interviewé, ce qui a fait exploser les ventes de mon journal, *l'Écho du rongeur*. Oui, je dois reconnaître que Pinky avait eu une bonne idée.

Telles étaient mes pensées en ce lundi soir, tandis que, sur la route de Sourisia, je faisais le bilan de ce week-end d'enfer.

Vendredi soir, je rentrais tranquillement chez moi.

Samedi matin, la **première étape effroyable** : Sourenheimer. Puis la **deuxième étape épouvantable** : le pic Félinique.

Enfin, la **troisième étape incroyable**.

Heureusement, j'avais franchi la ligne d'arrivée.

Et maintenant, tout était terminé.

Je me sentais tout CABOSSÉ.

Je m'étais fait mal aux oreilles en tombant dans les bouées de sauvetage, puis je m'étais roussi les moustaches dans la bassine de fromage.

Je m'étais br̄ūlé l'arrière-train en dévalant la piste glacée, et le froid m'avait donné un rhume épouvantable.

De retour au bureau, je passai la matinée blotti à ma table, sirotant du lait chaud au miel et me mouchant sans arrêt.

– Heureusement, ce week-end, ce week-end d'enfer est fini. *Comme je suis content d'être de retour au bureau !* Je vais me reposer en travaillant ! dis-je à ma secrétaire.

Pinky et les autres petites souris de la rédaction de *Tohu-Bohu* entrèrent dans mon bureau.

– Chef, tu es un MYTHE vivant ! s'écrièrent-elles, enthousiastes.

J'éternuai.

– Chef, tu sais, tu as été exceptionnel ! Mythique, GRANDIOSE ! dit Merry.

Je l'avoue, j'étais flatté.

– Bah, c'est trois fois rien. Rien d'extraordinaire.
Cependant, Pinky farfouillait dans son méga-agenda, à la recherche de quelque chose.

Merry continuait :

– Dis donc, chef, toi qui es devenu une légende,
comment fait-on pour être aussi courageux ?

Je bafouillai, jouant les modestes :

– Bah, je crois que je suis né comme ça... Chez
moi, c'est... chez moi, c'est... naturel, voilà...

Du coin de l'œil, je vis que Pinky se dirigeait vers
la porte, un papier à la patte.

QUE MANIGANÇAIT-ELLE ?

Mon assistante ouvrit la porte.

Une dizaine de reporters entrèrent, comme une
avalanche.

Pinky déplia son papier et commença à lire :

– Communiqué de presse ! Monsieur Stilton
annonce officiellement qu'il veut tenter de

traverser à la nage le Grand Lac de glace. Pour rendre l'entreprise plus audacieuse, il sera seul, sans aucune aide, et dans la période la plus froide de l'année ! Un

événement exceptionnel quand on sait que, sur le Grand Lac de glace, les températures descendent jusqu'à cinquante degrés en dessous de zéro ! Cet exploit sera sponsorisé par les maillots de bain **P O L A R** : des maillots de bain fourrés de pelage de chat synthétique ! Le top du top pour avoir toujours chaud dans l'eau !

Puis elle s'approcha de moi et dit :

– Content, chef ? Tu vas voir, ce sera un grand succès ! À propos, chef, tu sais nager ? Hein, chef ? Tu sais nager ? Parce qu'on part demain...

Le week-end avait été infernal.
Mais un futur tout aussi infernal m'attendait.
Je voudrais vous raconter cela, mais les mots me
manquent : je suis arrivé au bout du livre.
De toute façon, je vous le garantis, c'est une
longue, longue histoire...
Si longue que je crois bien que je vais écrire un
autre livre !

C'est une longue histoire, si longue…

que je crois bien que je vais écrire un autre livre !

TABLE DES MATIÈRES

Geronimo Stilton

DANS LA MÊME COLLECTION

L'Écho du Rongeur

1. Entrée
2. Imprimerie (où l'on imprime les livres et le journal)
3. Administration
4. Rédaction (où travaillent les rédacteurs, les maquettistes et les illustrateurs)
5. Bureau de Geronimo Stilton
6. Piste d'atterrissage pour hélicoptère

Sourisia, la ville des Souris

1. Zone industrielle de Sourisia
2. Usine de fromages
3. Aéroport
4. Télévision et radio
5. Marché aux fromages
6. Marché aux poissons
7. Hôtel de ville
8. Château de Snobinailles
9. Sept collines de Sourisia
10. Gare
11. Centre commercial
12. Cinéma
13. Gymnase
14. Salle de concert
15. Place de la Pierre-qui-Chante
16. Théâtre Tortillon
17. Grand Hôtel
18. Hôpital
19. Jardin botanique
20. Bazar des Puces qui boitent
21. Parking
22. Musée d'art moderne
23. Université et bibliothèque
24. La Gazette du rat
25. L'Écho du rongeur
26. Maison de Traquenard
27. Quartier de la mode
28. Restaurant du Fromage d'Or
29. Centre pour la Protection de la mer et de l'environnement
30. Capitainerie du port
31. Stade
32. Terrain de golf
33. Piscine
34. Tennis
35. Parc d'attractions
36. Maison de Geronimo Stilton
37. Quartier des antiquaires
38. Librairie
39. Chantiers navals
40. Maison de Téa
41. Port
42. Phare
43. Statue de la Liberté

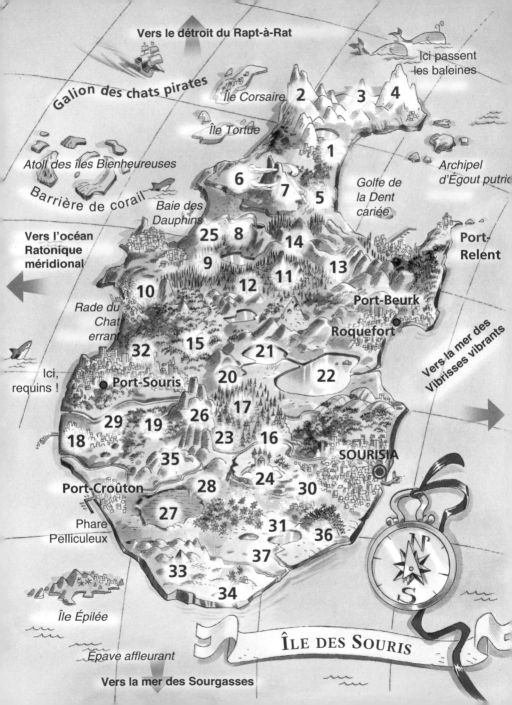

Île des Souris

Au revoir, chers amis rongeurs, et à bientôt
pour de nouvelles aventures.
Des aventures au poil, parole de Stilton, de...

Geronimo Stilton